JN315719

河路由佳歌集

夜桜気質

短歌研究社

夜桜気質　目次

第一部　二〇〇八年五月――二〇一一年二月

夜桜気質

よざくらかたぎ

装画　加山又造「春秋波濤」(部分)
東京国立近代美術館蔵
(Photo：MOMAT/DNPartcom
撮影：(c)半田九清堂)

第一部

二〇〇八年五月——二〇一一年二月

雨に咲く花

もう引いたこないだ引いたと言ううちにドクダミ巻き返して花盛り

ハート型のみどりに十字の花白く「毒」を名に負う強さ気高さ

春先の約束果たせぬまま過ぎて梅雨に入りたり　降りやまぬなり

分かったと思ったとたん本降りになって黙ってしまう紫陽花《あじさい》

お散歩の保育園児のおしゃべりのように頭《ず》を振る雛罌粟《ひなげし》の花

勉強は裏切らないから勉強をせよ　崖《きりぎし》に咲く島つつじ

病みて我があきらめし夢呼び戻すようにすっくと立つ花菖蒲

夏期休暇

秋立ちて息切れてきたこの夏の我らが休暇やっと始まる

賜りし初夏の書簡を読み返す立秋過ぎて夏期休暇来て

平生の無沙汰を詫びて夏休み初日ひと日をはがき書き継ぐ

夏休み初日明るき真昼間を溶けたバターのように眠りぬ

我が肩の高さを超えた少年と連れ立ち夏の画材屋へ行く

弟も兄も乗りぬき乗り越えた子ども用自転車を処分する

病みてより短歌に親しむ人と会い病みて短歌をやめし人思う

華やいで「七の平方数だよ」と少年の言う我が誕生日

少年がきれいだという平方数、残るは六十四、八十一、百か

たぬき公園

掌中の珠を蹴破り巨大化し春からスーツで会社へ向かう

誘われて話を聞いているうちに雲行き怪しくなりて雷鳴

少年の陽気に歌う高音が掠れてきたり　夏の終わりに

秋祭り　近所の子ダヌキ具を刻み焼きそばを焼く綿あめ作る

盆踊りの人の輪二重三重になってくる頃タヌキも混じる

その昔神社の境内なりしという通称たぬき公園縁起

たぬき公園裏の陶芸教室の先生ふいに消えて戻らず

公園の住宅地化に抗議する元タヌキなる住民我ら

長月の会議果てなく夕暮れはつくつく法師の声さえ弱る

新しい秋の初めのうろこ雲　危なかったと胸撫で下ろす

子ダヌキを指導している中ダヌキ　人間でいえば中学生か

金色になる

もうわたし死ぬんじゃないかと霜月の夏蜜柑の実が青ざめて言う

この夏の移植に耐えた夏蜜柑の細枝に実が萎縮している

太陽を仰ぎ続けよじんじんと冷えて来たころ金色になる

「わからぬ」と低き声あり　見渡せば秋の夕日に染まる桜木

大銀杏約束通りこの秋もゆらりきらりと金色になる

源氏物語千年紀

源氏物語千年紀の記念イベント「まるごと源氏物語」の一環として二〇〇八年十一月、銀座・博品館劇場にて「マルチリンガル朗読　葵」を指導。日本語パートの朗読を担当した。

きっかけは山本安英の兄弟子だった人からの電話。

源氏物語千年紀　むかしむかし兄と慕いし人より電話

生き合わせ巡りあいたり　千年の祭典にふと声をかけらる

千年は遠くて近し　ありありとわかるものありわからぬもあり

女手の紫の女《ひと》の物語に男のすなる注釈多し

チェコ語訳アラビア語訳タイ語訳…聖典のごとくＧＥＮＪＩが揃う

＊

我が牙や蹴爪がむずむずかゆくなり十年ぶりの遠吠えをする

出してほしいと願う者あり出てやってもいいとふんぞりかえる者もあり

読み合わせ立ち稽古して抜き稽古舞台稽古で本番近し

そんなんじゃダメだと舞台に駆け上がり吠えているなり月夜のように

舞台はねれば檻に戻るが約束の運命かみしめ火の輪をくぐる

境なき空また海を行くことの自在ならざる人間の脚

雪の社

子らの夢かないし年も暮れむとす　雪の社にてのひら合わす

東照宮より駅までの道　二人子と雪にしんしん降る日の光

乳白色の湯の上雪が降り来たり　あとの三人《みたり》は男湯にいる

二人とも大きくなって四月より「大人四人」の家族となりぬ

上へ上へ枝分かれして細くなり消えてゆくなり　明るい方へ

近くて遠い

力なき真冬の朝日浴びてさえひょろりと伸びて学校へ行く

その細き枝先までは生きていてその先は空　近くて遠い

婚姻色の魚類のごとき華やぎを帯びて青年聖夜を急ぐ

やわらかき冬の日差しの日曜日　若き詩人の訃報が届く

行けないと電話があって昼下がりひらりと自由が与えられたり

マシュマロの袋破れば待ちかねて飛び出すひとつあり　撫でてやる

真っ白で角のありしが我がミスを消しているうち面変わりせり

留守番上手

二〇〇九年二月、フランス・パリへ出張。

古き良きパリの地下鉄手動なるドア開けそびれ降りそこないつ

留守番の子らを思えばその子らの幼き頃の姿に及ぶ

我のほか日本語解する人あらぬ場に来て「さて」と我がひとりごつ

留守中も締切ありて時計一つ日本時間のままにしておく

留守宅に家事も子どもも置いてきた出張の夜はぐっすり眠る

百五十年前の計画厳格でパリは変わらず変えてはならず

留守番をするのも留守番させるのも二晩がほどは朗らかである

パリジャンが未来に譬える東京のネオンサインや立体交差

留守宅に送ったパリの絵葉書を郵便受けより我が受け取る

中国・西安へ子連れ単身赴任したことがあった。

銀婚式の我らそのうち一年は一人留守番していた夫

我と来し幼《おさな》と留守居のその父の声の手紙の録音テープ

留守番を夫に任せた一年が我らにありて思い出多し

それぞれに留守がちの四人家族にてときたま揃うときの幸せ

桜前線

合格者のみの集《つど》える華やぎをそっと見ていて桜散り初む

この宵の桜吹雪に交じれるは誰《た》が失いし「仕事」「肩書き」

大不況の桜前線　今日もまた公募見合わすとの知らせあり

定年を迎えし人も新卒も並ぶ大学院ガイダンス

学びたい心は人の自由への欲求と師は言えり　我も言う

なぜ目を閉じる

一九六一年、多摩の森に乗り物遊園地として生まれた「多摩テック」が、
二〇〇九年九月三十日をもって閉鎖。

遊園地の閉鎖決定　理不尽な安楽死宣告聞くごとく聞く

朝夕の窓から見える観覧車あって我が家と思っていたが

来場者減っていたこと知らざりき　川を隔てて見ていた我は

思い出を湛え輝きそのままで余命四か月の多摩テック

緑の森に咲く多摩テックの観覧車　見ているうちに子らも育ちぬ

鉄骨の大観覧車　七色のゴンドラ抱いてなぜ目を閉じる

未来の孫と来るはずだった遊園地　我が家総出で惜しみに来たり

身長が足りず乗れなかった思い出のあれに乗るぞと次男が走る

真っ暗になってしまえり　対岸の大観覧車灯らずなりて

霞にて回すものにはあらざるを　観覧車　我は何を見ていし

ローマへの推薦書

議論険しくかぶさってくる音量は「革命」の曲の出だしのフォルテ

つながれて我へ吠えやまざる犬のことば聞かむと立ち止まるなり

原因は我が不用意なひとことと水無月の夜を吠えつのる犬

ローマへの青年の思い報わるることを祈りて書く推薦書

優秀で勤勉、誠実、馬耳東風、一途にイタリア好きの青年

帰りのかばん

役職をひとつ受ければぞろぞろと小芋のような仕事が増える

九時に帰宅すると約束したことを九時の職場で思い出したり

あとは帰ってやろうとあれこれ持ち出して肩にめりこむ帰りのかばん

会議ごとに異なる部屋を移動して日暮れてのどの渇きに気付く

週末の公務決定　限界を叫んでみたが聞いてもらえず

健康管理も義務であるから術策をめぐらし休みを捻出すべし

眉間の湖

眉間より額へ広がる湖が近頃澄んで鏡のごとし

累進屈折力レンズにて文字も葉も天も澄みわたりたり　この夏

湖に映してみたる我が顔の左右ゆらりとずれているなり

我が眉は左右の高さが違うとぞ　鏡に然り　気付かざりけり

左眉の下抜き上を描き足して生来のずれをひとつ誤魔化す

三日月のような眉こそ美しと亡き師は持論を今日も吹き込む

知命

生涯の伴侶と決めた人ありて電話の長い長男の夏

「天命を知る」とは如何に　偶然を綱渡りして五十を迎う

五十までに播いてきた種　二割ほど花をつけたり実はいかばかり

伸び盛りの次男　この夏挽回を図るべきことありて企む

幼きよりきりりと我をかばい来し長男二十三独立す

母よりも早く大人になるような長男てきぱき引っ越しをする

アパートの二階陽当たりほどほどの直方体が息子の新居

この子ありて我らありしをトラックに荷物を積んで新居へ去りぬ

ぎりぎりの母を支えて生い立ちし息子は家事をそこそこなす

名月の夜をスーパーで買い物をする新婚の息子より電話

かろうじて誤魔化してきた我が家事のコツなど息子は訊いてくるなり

突風過《よぎ》る

乗れるだけ乗れよと圧《お》さる　台風の朝間引かれずにすんだ列車に

はつ秋の学期初めのキャンパスを大鉈《おおなた》装備の突風過《とっぷうよぎ》る

揺れやすき枝揺れにくき枝ありて食い縛るなり突風の中

キャンパスの大樹の枝ももろともに痛手を受けて台風の朝

台風の過ぎて無風の青空へ木々は立つなり折れ枝下げて

忘れたかのようにすっくと立つ大樹　日暮れに思い出して揺らげる

忘れたわけではないが忘れたふりをして秋のスーツに琥珀を合わす

夜の会議

定足数やっと満たした日暮れどき過ぎてぞわぞわ集まってくる

生臭き夜風会議に忍び込み議長の口が耳まで裂ける

発言をせむとマイクを引き寄せる人の目鼻がつるりと失せた

口のあるはずのあたりに小波がたち言いたくて言えない何か

黒髪に細き黒蛇ひそませて蛇に発言させている人

暖房を強め会議はにおうなり　我らの腹は清らかならず

見せられて回収されて守秘義務を言い渡されて会議果てたり

由緒正しき古刹の鐘の鳴るごとき声にて「全会一致」となりぬ

眼鏡の時間

二〇〇九年、中島敦生誕百年。

眼鏡かければ時間はひゅんと集まってわが一日が流れ始める

人逝きて時間は過ぎて丸ぶちの眼鏡のレンズ透き通るのみ

卓上の原稿用紙に書きかけの時間を止めて眼鏡は置かる

時間ふと忘れ外出したっきり戻ってこない作家の眼鏡

背伸びして流行《はや》りの眼鏡のデザインを選り好みする時間はあらず

今風の眼鏡をかけて時間旅行している　あれは中島敦

眼鏡外せば灯りがぼわんと膨らんで夜景華やぐ時間となりぬ

ハスキーボイス

パンのごと我が膨らみしことありき　パンの子ポンと生まれて来たり

香ばしき湯気たてて我がパンの子は生まれながらのハスキーボイス

その結果待たずば進められぬこと多し　サボっているにはあらず

なぜ飲まぬと問われて窮す　飲まぬのか飲めぬのかさえ忘れて久し

思い出したくない塊は突《つつ》かずに話題逸らして　揚げだし豆腐

リズム正しきレコードの針内側へ行くほど中心まで速くなる

星好きの子の連れあいも星好きで南の国へ星を見にゆく

同僚や知人の父母の訃報続き　驚かずなりていてふと怖る

ときに話が通じぬと我を叱りつく　八十過ぎて父の迫力

さくら咲く

満開の桜並木に新入生わらわら増えて定刻近し

花ばかりあふれむばかりに咲いている不安と夢のふくらむ四月

ひしめいてざわめいていた新入生しんと静まり演台を向く

続々と来る新入生吸いこんで破裂しそうな教室である

満開の花に若葉が添うている優しさの下深呼吸する

花曇り朧につづく花の道果てて濃いめのコーヒーが欲し

「大酒飲み」

二〇一〇年三月、上海外国語大学にて日本語教育実習。

我が率いる実習生を飛び跳ねむばかりに囲む学生らあり

漢語に強き漢字の国の秀才が「大酒飲み」の読み方を問う

寒風の吹く三月のキャンパスに上海市の花ハクレンが咲く

待望の上海世界万博で「日本語ボランティアをする」と輝く

二〇一〇年五月―十月、上海国際万国博覧会。

上海に来るたび食べる臭豆腐《チョウトウフ》のことばにならぬ匂い・味わい

鎮めても

戦争に散りたる命鎮めても鎮めても漂う九段坂

靖国の大鳥居見ゆる病廊に夫の手術の時間は流る

突然の別れ話のように降る花の盛りの過ぎた日の雪

何に備えて待機せよとぞ待つ我に手術の無事の終わり告げらる

背くらべ

高齢になった両親の家の隣に引っ越した。

夏野菜の苗植えむかな越してきた小さな庭を耕してみる

我が父と我が末の子と我が植える茄子とトマトとピーマンの苗

枝に土に緑噴き出し末の子が我の背丈を超ゆるは今日か

鏡の我の脇にぴたりとはつ夏の息子来たりて背くらべする

青葉若葉の日差しの中を息せいて十五の吾子の眉が濃くなる

眼に宿る

怯えるような脅かすような目の色を残し無言のまま去りゆけり

眠れない夜の耳聡く人あらぬリビングに風の動く音する

休養をとらず病院にも行かず半月過ぎたること叱らるる

不発弾のごとき若者　いつ誰の埋めし思いか眼《まなこ》に宿る

休めない職務のありて昼下がり医師に内緒で職場へ向かう

夏の日の翳らぬほどに豪雨来つ　無防備に打たるるほかはなし

待ち人は来る（題詠　人＋見当）

かの人と物別れして二十年見当違いの歩みか知れず

見当もつけず歩いている我にときおり人来て道指し示す

食べっぷりたくましきこの人の子の未来見当つかぬは良けれ

「待ち人は来る」とぞ良き人来るらしきお告げなれども見当つかず

夏の海

二〇一〇年夏、「瀬戸内国際芸術祭」の会期に合わせて、小学生のころ
三年半ほどを過ごした直島を再訪した。小学校の同級生たち。

眠っていた映写機が古い8ミリを回し始めたような再会

モノクロの動画のピントが合ってきて夜更けちらちら色づいてくる

小学校の記録写真に我がいて「業間体育」なるをしている

元児童我らの記憶になき記録　先生の研究用アルバム

意見分かれし古き校舎の配列は写真を見ても決着つかず

会果てれば夏の夜の海　散り散りの人生航路の続きにもどる

曼珠沙華

「お義母さん」と呼ぶべき人が子にありて音もなく打ち開く曼珠沙華

丈高く酔芙蓉並び咲くごとし半年ぶりに息子が揃う

金木犀の香りに鋭きひと筋のありて記憶の深みに刺さる

早朝の秋の畑のサトイモのパラソルのごとき葉の影に父

急速に冷えたる夜半を火の匂いして一斉に咲く曼珠沙華

靄のごとく

初秋の朝の山より靄《もや》生まれゆっくり滑りきてふと止まる

子らの世代の学生集う夏合宿　靄のごとくあれ教師の我は

風の立つ様目に見せて靄の色みるみる消えてゆく山の朝

若きらに議論任せて聞きおれば徐々に開いてくるみなの口

議論よくわからずなれば我が頭《こうべ》上げて議論の整理するなり

ただならぬ酷暑の夏の去りぎわの奥多摩渓谷にて雨に遭う

奥多摩の合宿所にて十七名発表終えたり台風一過

聖夜近づく

親を亡くした友の幾人はらはらと喪中欠礼通知のはがき

喪中欠礼葉書にこもる悲しみの骨にこたえる寒さとなりぬ

消えそうな文字にて二十歳《はたち》余りの死　親なる旧き友が知らせ来

写真家になったの誰に似たんだろと聞きしその子の喪中の知らせ

聖夜近きキャンパス闇に沈みゆき何処より湧く女声合唱

「命の尊さ」など砲撃にて飛ぶものを　無力なり我らが平和主義

国の法犯し苦難の年月の果ての鑑真・玄奘思う

名付けてより幾たび書きし長男の名を年賀状の表に記す

空席

「反戦」に触れれば龍の子質問す　自由のための戦い如何に

しっぽ切りの技など蜥蜴の我が言えば龍の子ら青き眉ひそめたり

天安門事件

あの六月　眦《まなじり》決して龍の子ら抗議にゆける背を我が見たり

切れやすく再生しやすき尾の力試したることなし　なくてよし

零八憲章《リンパーシェンジャン》もて凜としてドラゴンの逆鱗に触れし人　獄にあり

中国の政治・社会体制について、人権状況の改善などを求めた宣言文。二〇〇八年十二月九日に中国の作家劉暁波ら三〇三名が連名でインターネット上に発表した。

言論の自由求めて呑むならば呑めと呑まれてその腹の中

平和賞その逆鱗に触れたれば慰めようもなきその怒り

大き写真の前の空席　平和賞の証書とメダルは授けられたり

服役中の劉暁波は二〇一〇年にノーベル平和賞を受賞し、中国在住の中国人として初のノーベル賞受賞者となった。

過ちいくつ（題詠 鍵）

鍵あれば扉は開くと思いいき　昔集めし鍵のいろいろ

口つぐみ待っている鍵　諦めてふてている鍵　抽斗《ひきだし》にあり

鍵かけて鍵をなくしてなお疼く昔の我の過ちいくつ

わが胸に寒き隙間のありし日にふと差し出され受け取りし鍵

合鍵を持っていること一生の秘密　決して使わぬつもり

赤い冷蔵庫

年頭より顔は見えねどびゅうびゅうと何に突っ込んでゆく北颪《おろし》

縁起良き赤を信ずる土地なれば赤い冷蔵庫が売れるとぞ

不穏なる動きと思う　思いつつ身はひとひらの木の葉のごとし

茉莉花《ジャスミン》革命とぞ芳しき呼びかけの電子網にて拡がっている

「電子網」は中国語で「インターネット」のこと。

張り紙もなくキャンパスは静かなりジャスミン革命予定日過ぎて

ＮＨＫが緊張伝える上海のキャンパスに咲きかける木蓮

上海の朝のキャンパス若きらに交じり湯気たつ粽《ちまき》を二つ

第二部

二〇一一年三月——二〇一五年四月

東日本大震災

二〇一一年三月十一日、東北地方太平洋沖地震とそれに伴って発生した津波は未曾有の大惨事を引き起こし、その揺れは東京西部の私の職場にも及んだ。この地震によって福島第一原子力発電所事故が起きた。

七階の研究室は高波に浮く船室のごと揺られたり

本棚より両手両足広げたるさまにて本が落ち重なれり

落下した本拾いつつ滲むなり　瓦礫の下になおある命

重なって落ちている本拾い上げ折れた頁を正して閉じる

鎮魂の思いに本を閉じ仕舞う作業は停電でもかまわない

悲しみのあまりに多き春なれば卒業生への祝辞に詰まる

入学の祝辞の前に被災地へみなで黙禱する新年度

海底の家

美しく青き海なりにんげんをあまた攫いてかき消し静か

海底に障子の破れたお茶の間のありて深海魚らが行き交う

海底にしゃぼん玉吹く幼子とその父らしき人との写真

龍宮と見まがう深き海底の家に幼き子らの声する

海底に建てたるごときにんげんの家ありにんげんの車あり

耐えに耐え押し殺された鬱憤が爆発したか　その日の太郎

怒りしや大地悲しみたるや海　「安全」と言いきそれを信じき

原発にかくも頼りて煌々たる明るさにいた日々を悲しめ

わけもなく

被災地へジャカルタ日本語学校の生徒が歌う応援歌届く

日本は危険ですからやめますと留学キャンセル続く　了解

ジャカルタで被災地応援大合唱の裏方せしと青年教師

年金のこと親のこと心配で「海外雄飛」は止《や》めると言えり

実験の手順確かに青年はふと消えつ　事故か事件か知れず

わけもなく涙が溢れてくるという女子学生より休学届

沈黙のわけを言わむとして黙す　言葉にならぬ暗闇深し

壁は崩れましたが家族は無事でしたと笑顔で卒業してゆきしあり

節電の夏

忽然と電力不足の日々来たり〈例年どおり〉が幻となる

伝説の古都のようなり　電灯を三割消した商店街は

火山灰のごと降ってくる指示・注意　非常時なれば対応大事

議論なき決定に無理あることの理も受け入れるべし　非常時は

節電の実践として電灯を消して窓辺にパソコン移す

授業中に冷たいものを飲むことも団扇・扇子の使用も可とす

花模様

古今東西数限りなき花柄が秋の初めにふいに新し

身を飾ること遠ざけて得たるもの筆頭に我がふたりの男《お》の子

飾りなど不要と思いいいし頃のポニーテールのつややかな髪

ひらひらのチュニックなるを身にまとい花咲くように乙女ら笑う

鮮やかな花柄にこころ惹かるるは何踏み外す一歩か知れず

豪奢なる花のレースを身に当ててみたるが誰も勧めず　戻す

縞模様幾何学模様を好みたる二十年がほどの一徹

仕事にて我は見ざりき　長男のプラネタリウム次男の相撲

夏の実り

金沢にて集会

水重き沼よりこの身引き上げて一泊二日の会議に出向く

会議場は泉鏡花の故郷で　ひと肌の風に撫でらるる夜

店主より九谷の歴史を聞きながら手に取ればしんと涼しくなりぬ

定年後の父の農業二十年季節の野菜が次々実る

八十三の父の実らすこの夏の胡瓜・ピーマン・獅子唐・ゴーヤ

モロヘイヤ・青紫蘇・ミント好きなだけ摘んで食べよと父言えば摘む

つながっている

震災後、節電のため夏期休暇が例年より長かった。シカゴに住む妹を訪ねた。

節電と酷暑の夏を七日だけ抜けだして来しミシガン湖畔

「みずうみもうみか」と少女に問われたり　波寄せるミシガン湖のビーチ

みずうみと違って海はしょっぱくて世界の海につながっている

妹はシカゴでバイオリンを弾いている。

芝生席のすみまでおよそ一万人飲食しながら待つ音楽会

音楽でシカゴで暮らして十八年　妹の英語聴き取り難し

煌めけるシカゴの夜をふくらます野外オーケストラの音響

不夜城のサイレン音も呑みこんで荘厳なりヴェルディのレクイエム

夏の夜のシカゴの空へレクイエム遠く悲しむ心に届け

眠りの淵へ

週末を働きやっと得た休暇　家族送れば朝から眠い

引力のごと大いなる力にて引き倒されて一日《ひとひ》を眠る

野の穴を一気に地球の中心へ吸わるるごとく眠りの淵へ

誰だとかここがどことかいつだとか全部忘れて眠り貪る

ふと醒めて即刻我にかえりたり　やらねばならぬことのあるなり

今朝我は飛んで火に入る虫のごとトンカツ作る約束をせり

目覚むれば午後七時なり約束のトンカツ一から作り始める

社外秘

抱きしめて育てし我が子生い立ちて何に勤しむ「社外秘」と言う

長く未来へ伝える計画「当面の役に立たぬ」と言われて却下

無理解と予算不足にぽつねんと無念の涙を呑みし幾度

悲願のプロジェクトがひとつ実現し、成果が公開された。

計画はふと実現し我が出番俄かに増えて光陰速し

戦争の時代を生きし大いなる夢と沈黙　伝えむとする

むかし呑みし無念が喉にこみあげて解説の我が声が上ずる

人ならば五十半ばか　黄の車輛やや草臥れて定刻に来る

入学試験　二〇一二

かなたより我そっくりの別人が我に気づかず通り過ぎたり

スクリーンに刻々変わりゆく数字　追いつつ手首の秒針合わす

試験室に監督の我を待ちいたり　四半世紀前の我らが

四つのうち一つを黒く塗りつぶせ　機械に読ませる答案用紙

もし津波なければ受けに来たはずの幻の受験生の幾人

腹ふくるる病

気付いたこと分かったことの九割は腹に収めて熟成させむ

香港の由緒正しき薬膳を口は喜び腹は訝る

呑みこんだ言葉と謎の薬膳が出会いて不穏なり胃のあたり

体内より妙なる混声四部合唱鳴りだしてのち激痛の湧く

香港のひと日終えたる胴体が膨れはじめて膨れやまずも

紐のような四肢ぶらさげて球体のからだより呻き声など漏れ来

風船のごときからだを病院へ運べば医師は何食わぬ顔

夜桜気質

この星のあちらこちらで生い立ちし若者今日の桜に集う

実をつけぬ桜は何のために咲く　桜の立場に立ちてみるべし

照明を浴びてぼうっと浮かびつつ身じろぎもせぬ夜桜気質

子どものころ聖闘士《セイント》星矢《せいや》見た見たと各国留学生盛り上がる

忘れむと思いし果てかさあらぬか　青春時代の記憶切れ切れ

複雑な形が好きと「鬱」の字を紙いっぱいに生き生きと書く

あのことこちらの事実繋がらず繋げむとすれば嘘が加わる

「空」という文字にぽっかり穴がありはてしないのがいいとジュリアは

クラスメートの記憶にありて我になき中学時代の我のおこない

みどりの雨

筆を持つ手が震うゆえやめたと言う父よ　みどりの雨の連休

菜園に花の終わりし菜の花ともろともに腰の抜けたと父は

父の〈老後の夢〉なりき　夢はかないたり　この夏で畑やめると言えり

五十年余り心配かけてきた我が「保証人」となりたり　父の

はつ夏の胡瓜捥ぎつつ老い母は聞いた病名忘れたと言う

老い母を病院へ運ぶ笹の舟　付添として我も乗りなむ

窓並ぶ中のひとつよ　この夏の老父が選び住んでいる部屋

優雅なる螺旋

茄子紺の茎に同系色の花　実る前から気高さ香る

はつ夏の窓へと渡すグリーンのネット緑のカーテンとなれ

優雅なる螺旋をネットに編むように胡瓜の繊き茎伸びてゆく

初夏の陽を浴びて胡瓜は黄の花の根本にみどりの実を太らせる

目隠しの鬼の伸ばせる両腕の胡瓜の蔓がネットを探す

雨粒を合羽《かっぱ》の肩に背に受けてペダル踏み込む六月の朝

信号で止まれば夏の樹のごとき我が梢より緑したたる

はつ夏の欅並木の坂道はギア切り換えてぐいぐい上れ

老い父の心づくしの石灰を吸ってすらりと綺麗な胡瓜

この夏の緑のカーテン九つの元気な糸瓜を下げ枯れなずむ

重くなる

年齢に比して器に疑義あれど「長」のつく役あれこれ担う

思いがけず任命されし重たさは昔の夢の代わりのようだ

この夏の我らが緑のカーテンの胡瓜食べきれねば酢に漬けむ

さりながら責任とりて頭《ず》を下げるたびに重たくなる我が身柄

今朝捥ぐを忘れ帰ればむりむりとヘチマのようなお化けの胡瓜

「最年長ゆえ乾杯の音頭を」と言われて下戸の我断れず

「長」である我が不注意の責任は胡瓜がヘチマになるのみならず

老い父の「保証人」母の「付添人」娘昔の娘にあらず

短歌と私

「短歌研究」二〇一二年十一月、八十周年記念号へ。

もやもやと匂うこの身を裏返し洗って夏の日に干す心

天近き花を採らむと登り来て息を切らして仰げる心

溜めこんだ泥を掬いて流水に晒し砂金を選り出す心

身の内に魚のごとき大小の泳げる位置を数うる心

この今の遠き銃声火の匂い耳を澄まして嗅ぎとる心

身に浴びた鋭きものをひとつずつ抜いて遠くへ放てる心

この世では会えないはずの人の声ふいに聞こえて振り向く心

いにしえよりこの道を行く人の数限りもなきに傾く心

落ち蟬を拾わむとして抗われ夏の終わりを戦《おのの》く心

マリヤンを訪ねて——パラオ　二〇一二夏

七十年前中島敦の肉体を灼いたパラオの太陽を浴ぶ

海側へ折れて下りぬ　コロールの中島敦の旧居のあたり

日本時代の地図にある道今はなく南の国の花咲くばかり

終戦後パラオで生まれ流行《はや》りたる日本語歌謡「避難所だより」

パイナップル畑も缶詰工場も緑に沈む日本《にっぽん》時代

透き通る海の底なる白珊瑚・赤珊瑚・大き黄の薔薇珊瑚

トロッコのレール延々　日本人がかつて拓きしアルミの山に

少し身を沈めて見れば悠然と色鮮やかな熱帯魚たち
絶え間なく果物実るこの国の悩みは不労と肥満の増加
果物だけを食べて育った蝙蝠の甘い香りのスープいただく

働いてないから大丈夫だよという若きに今日もお世話になりぬ

文化祭

親の丈超えたからだに何ものか煮えて時折り酸っぱく匂う

パソコンに一人向き合い仲間らと将棋指したりおしゃべりしたり

校内に三十枚まで貼れるから三十種類のポスター作る

仲間割れしそうになったことなども笑いとばしてコント本番

子の仲間十人余り入れ替わり立ち替わり出てコントを演ず

少年の稽古重ねし漫才に我ら笑わされて大笑い

金曜はまだまだ土曜はまあまあで日曜感服　文化祭果つ

同じネタのダブルキャストの酷薄は受け組と受けぬ組の有意差

謎々の答のように

老境がいつまで待っても来ぬという九十歳の先生囲む

九十歳の先生今も月三回数学塾で教鞭をとる

数学の問題集を解きながらすんすん背丈の伸びた日々あり

様々な三十年を思いあい仕事に触れず子どもに触れず

げっそりと老けて縮んだともだちが口を開けば昔のままだ

同級生初老を迎え謎々の答のように近況明かす

あの時の先生の意図知りたいと九十翁にみなで詰め寄る

掌合わす

府中・大国魂神社

一九〇〇年目の春のお社に露の命を灯して詣づ

帰国して日本語語学兵になる君と世界の平穏祈る

韓国人の留学生

この神の氏子にあらず初春を畏れながらに掌《てのひら》合わす

シカゴより妹が来て正月を涙ひと粒こぼして帰る

アメリカの友とスカイプで

一月三日の朝と二日の夕方と液晶越しに笑顔を交わす

日本の朝は、アメリカでは前日の夕方。

女ゆえ夢は持てぬと百年の実りの果ての若きが言えり

女子の学ぶ権利求めて撃たれたるマララ十五歳《じゅうご》の眼光を見よ

マララ・ユスフザイは二〇一四年、十七歳でノーベル平和賞を受賞した。

災害を生き抜くこと

飢饉・大火・震災被害に幾たびも遭いて悩みし親鸞と知る

古より地震を津波を生きのびし命の果ての我らならずや

〈方丈記〉の記す元暦大地震　地鳴り土裂け海傾くと

母を亡くした子ども　子どもを失った母　この春も桜ほころぶ

災害の無常を見詰め親鸞は「現世安穏」切に祈りき

災害の多き国土よ　しなやかに弧をなして浮く日本列島

救済を祈り親鸞九十歳恵信尼八十路《やそじ》の生を生き抜く

愛という文字

二〇一三年三月、上海外国語大学にて日本語教育実習。

政府間対話は一触即発の国へ友情温めにゆく

「実習生いらっしゃいませ」と書かれおり　今し出会いし若きら弾む

愛という中国から来た文字をもて名前を書いて自己紹介す

早朝の上海の庭に離れ立ち発声練習する実習生

準備したはずが思わぬ質問にガラスの割れたような目をする

入念に備えた「と」と「に」の説明をまだ分からぬと言われて歪《ゆが》む

実習生入魂の詩の朗読に静まりてのち湧きたる拍手

夜桜並木

オレンジの灯《あか》りの下に　紅《くれない》を燃やして浮かび上がる夜桜
天を衝く灯りの列はこの春の夜桜並木を照らさむがため

白昼は白の泡立つ桜花　暮れゆくほどに紅《くれない》優る

珊瑚色に桜灯りて一面の夜空は深海のごとき静けさ

温めて弥生半ばに咲かせたる後の冷たき花嵐かな

照らさるるは本意ならねどかの人の待ち望むなら光って見せむ

桜色の奥に秘めたる紅《あか》きもの　宵の灯りに透かされている

鬼怒鳴門《キーン・ドナルド》

二〇一二年二月二十九日、初めてドナルド・キーン先生にお会いする。

日本間にすっとおさまるたたずまい　九谷の茶碗を両手で持って

古き良き日本のような先生は九十歳までアメリカの人

かの文豪魅死魔幽鬼尾《みしまゆきお》より届きたる手紙の宛名に怒鳴門鬼韻《どなるどきいん》

日本に帰化してキーンを姓として鬼怒鳴門《キーン・ドナルド》とサインし給う

鬼怒川と阿波の鳴門の水しぶき鬼怒鳴門《キーン・ドナルド》異界へ通ず

文豪も魑魅魍魎も手懐けて柔和なれども尋常ならず

「使命」

三育学院大学図書館へ。「使命」はＳＤＡ教会の機関誌。

百年前より続く「使命」という冊子見むと片道四時間かけて

房総の秘境と呼ばるる丘陵に花咲くごとく学園のあり

人里を離れた丘の学園は看護と神学修むるところ

礼拝堂の脇の図書館涼しくて静かに動く司書の指先

神の与え給いし糧は穀類と果実と野菜　祈りて食す

「使命」には我が宿年の謎を解く記事累々とありて眩めり

質問

真夏日の編集室に涼風のように舞い込みたる「質問状」

箇条書きの質問五つの行間にちらちら見ゆるは怒りならずや

質問は受け付けるなと「会長」の男おどおど目を泳がせて

質問する自由は誰にもあるものを　照りながら不意に光る熱雷

おかしいと思えば疑問が口に出る素直な青葉をこそ茂らせよ

質問には誠意をもって応うべし　カーンと青い梅雨明けの空

フーガのコーダ

フーガ縺れコーダに入る厳かさ　父・母次いで八十代へ

目の前に膜張るごとき症状をなぜか老母は誰にも言わず

緊急手術告げられて母おろおろと入院心得みな忘れたり

病篤き父の名前を入院の保証人として母は書きこむ

一心に読書に耽る八十五の父の眼光研ぎ澄まされて

真顔にて「あと一年はもたぬ」と言う父の鋭き目に逆らえず

死の近きこと客観的事実という父に呼ばれて遺言を聞く

自らの葬儀・遺言準備して涼風薫る父の説明

父がそう言うならきっと正しくて長女の我は「わかった」と言う

草引きはもうできないと父は言う　引いても引いても生えてくる草

夏の朝父の畑の草を引く　額の汗が眼に沁みてくる

定年後の父の大事な菜園に育ち過ぎたる最後の胡瓜

もはや胡瓜と言えぬ巨大なしろもののまして全身黄色となりぬ

一つの悲報

吉報の続き祝福する我の胸いっぱいに一つの悲報
悲しみを胸に畳んで教室に踏み込む前に深呼吸する

慶びの日に我が纏う式服の花をつけねば喪服と同じ

悲しみは見せてはならじ　教師なら機嫌が良いのも仕事の一部

赤剝けの心包まむ漂えることばが直に触れないように

海の水湛える袋なる我は見ても聞いても涙が滲む

雲か霧かはたスモッグか上海は地表際まで白くけぶれる

この国の大気汚染に上海の若き才気が眦《まなじり》決す

若きらの議論白熱　中国の日本の世界の希望と思う

悲しみの雪

清らかに軽やかに降る雪ながら積もれば有無を言わせぬ力

ＴＯＫＹＯの信頼背負う鉄道の安全装置を襲う大雪

雪激し　あとふた駅の小駅に電車停まりて閉じ込めらるる

さりながら降雪の街美しく四方阻まれつつぼうと見る

みぞおちの辺り小さな音がして何ならむどくどくと流るる

目に見えぬ悲しみを目に見せむとや　みるみる積もる雪の重量

我に何かできたか何ができたかと問えど問い返せど雪の中

悲しみは日に日に深くなるものか　満身雪にまみれて帰る

細心の注意を払い一歩ずつ雪踏みしめてゆく投票所

花の道

その春に敢《あ》えなく散りし魂の手を振って降りてくる花吹雪

花は心華やぎ咲くと思いしが悲しみ湛えて咲く春もある

宵闇の桜は蒼し　心病み声無くやめてゆきたる一人

けだるくて自転車を漕ぐ中年の頭に乗った桜ひとひら

花の道未来へ歩めという声す　いずれの道か未来へ続く

カラス

言わずとも良きことは言わぬ方が良くことば少なし　老い母の前

年少の園児の群れに似てカラス　無邪気に声を上げて飛び交う

町の名は烏山にてカラス等は先住民か上空制す

二年前「引退宣言」せし父が再び野菜の苗植え始む

カラス等が華やいで声交わしあう　月曜生ゴミ回収日なり

早朝を鳴き交わしつつ飛ぶカラス　澄んだ声ありダミ声もあり

教え子が教鞭をとるエジプトのキャンパスに砲火が飛ぶという

母と義母に感謝伝えた母の日の更けて息子が肩もみに来る

ウグイスの鳴き声しきり　世田谷のはずれに夏の近づく朝を

螢祭りの水

ざわざわと子ども大人が集い来て今宵この川螢が灯る

「見つけたよ！」「ほら、あそこにも」子どもらの歓声高し　螢の夕べ

ほたる祭りの宵闇迫る商店街　店主らいそいそ露店を始む

川沿いのテントで催す「飲み比べ」東京水《すい》とミネラル水《すい》と

東京都水道局の出店

東京の川に螢の飛び交う夜　きれいな東京水飲《すい》みながら

幼き日　川には「ヘドロ」といえるもの黒く淀みてムンと臭えり

その昔魚も鳥も寄りつかぬ黒き川あり　成長期なりき

人間の自然や子どもらへの愛を螢祭りに来て信じたり

放たれた螢飛び交う川沿いで新たな浄水設備の話

昔むかしの螢の川をとりもどせ　日進月歩の水処理技術

雹の襲撃

雨音が尋常ならぬ騒音となりて気づきぬ　雹の襲撃

窓ガラスに打ちつける雹バチバチと縦横無尽に撥ね返るなり

水無月尽東京西部に降る雨が氷の弾《たま》となり撃ちかかる

実をつけたばかりの若き茄子・胡瓜　機銃掃射の雹に撃たるる

大粒の雹が畑を襲うさま　ガラス越しに見てなす術もなし

自転車に乗っている人痛からむ　礫《つぶて》のように雹の降る午後

限りなき雹のひとつを手にとれば　涼しき珠の儚《はかな》く溶ける

可哀想だがダメだと傷だらけの胡瓜　老父が力を入れて引き抜く

祈りの国で

二〇一四年夏、インドネシア出張。

千年の眠りから呼び起こされて口を開かず　ボロブドゥールは

ガムランの楽と影絵の荘厳はヒンドゥー教につながる叙事詩

ガルーダはインド神話の神の鳥　その名掲げた飛行機に乗る

八月の爽やかな朝のジャワコーヒー　乾季という名の季節味わう

八万の人を迎えるモスクなり　跣になって我も呑まれむ

思うこと考えなければならぬこと　モスクの人波分けて歩いて

イスラムの盛装をして愛らしき子どもら写真に写りに来たり

八万の信者の集う大モスク　かなたの頭はゴマ粒のよう

新しき巨大モスクの真向かいにオランダ時代のカテドラルあり

胸底に沈む悲しみ金曜の祈りの群れに紛らせてみる

ドナルド・キーン先生

二〇一四年九月、ドナルド・キーン先生との共著『ドナルド・キーン
わたしの日本語修行』（白水社）ができあがった。

にんげんは小さし　されど果てしなき宇宙のごとき人ここにあり

小柄なる先生あまりの大きさに近づきすぎては吹き飛ばさるる

「京にても京なつかし」と先生が口ずさむ　そばにいてもなつかし
京にても京なつかしやほととぎす　松尾芭蕉

その本があったはずだと先生は九十二歳の身を本棚へ

天の恵みの子として生まれ日本語にふと出会いたるキーン青年

日本語とキーン青年を結びしは海軍・第二次世界大戦

お話と史料がかくも一致する天才にして誠実な人

装丁に桜のデザイン選びたる桜大樹のような先生

啄木論に勤しむ九十二歳なり　最後と思ったことはないと言う

ドナルド・キーン先生による評伝

明治天皇、渡辺崋山、正岡子規、石川啄木　次は誰なる

漢字の名前

二〇一四年十二月、台湾・淡江大学教育実習。

台湾の北部夕陽の美しき淡水の丘の日本語学科

ガジュマルは榕樹　淡江大学のキャンパスすべてに漢字の名前

初めての台湾初めての教壇　実習生の頬引き締まる

ライブ公演始まるごとし教壇に今し立ちたる我が実習生

ぎりぎりまで修正加えサプライズだらけの実習生らの授業

日本の実習生の渾身を受け止める台湾の学生

めだたない青年と我が思いしが教壇に立てば何ぞ輝く

授業後の実習生を取り囲む台湾の若き命の熱気

南国の樹の気根まであでやかに光の灯るクリスマス・イブ

垂涎の的とはこれか　新鮮なレバーのような血の赤珊瑚

四年目の三・一一

大丈夫なのかはっきりせぬうちに新しき歌つぎつぎ流行《はや》る

かつてこの工場に溢るるほどの人来ておりその生支えていたり

あの日より自転車通勤始めたり　満員電車は嫌になりたり

材料や機械は何とかなるものを技能と智慧と温情の人

農場と家と家族が流れても技能と仲間があればつながる

あの春に帰国したきり戻らない教師の後任やや早口で

幼子が見つからないまま丸四年仲間と軌道に乗せた農場

ＩＴを駆使して最新農法で土を知らないイチゴが実る

東京五輪計画広げてこの国に蠢くものを覆う　何者

放たれて

学部改組に伴い代表を務めていたコースが募集停止。
仕事に転機が訪れた。

ぽたぽたと滴るように始まりて十年果ててからからになる

汗臭く力みなぎる希望者を篩にかけたことまでありき

突然に鎖されし扉の前に立つ我よりほろほろ何ぞこぼるる

もういいと労われしは解放か左遷か新たな仕事賜る

閉ずるほかなきこと肯うほかなくて思えばあれもこれも幻

放たれて野に出てみれば諦めてきたあれこれが歓声を上ぐ

春の雪

華やげる新入生も満開の桜も我も仰ぐなり　雪

あとがき

二〇一一年三月十一日の東日本大震災のあと、通勤電車が不自由になったので、自転車通勤を始めたところ、職場の東の入口の前は桜並木なのだった。電車通勤していたときは、駅に近い西の入口を使っていたから、その存在に気づかなかった。四月にかけて、桜の花がほころび、やがて満開になってゆくのを朝夕眺めるのは、思いがけない喜びだった。前年度のあれこれが片付かないうちに見切り発車で新年度が始まってしまうから、年度初めは大変で、帰りが遅くなることが多い。この年も、暗くなって帰途につくと、幻想的な夜桜並木が私を迎えてくれた。あまりの美しさに息をのみ、その声を聞いて、私は感謝の気持ちを込めて頷いた。私がそのとき理解した夜桜並木の声が何と言ったか、人の言葉にしようとすると何かが逃げていきそうで心配だが、強いて訳すなら、「私、大丈夫だから」というような意味で、それをもっとずっと上品なことばで言ったのだった。「あなたもね」という言外のメッセージをこめて、静かに控えめに。

理解していただきたいから、野暮を承知でもう少し解説を加える。街灯に照らされた桜は大層美しかったが、それは桜本人が望んでそうしているわけではないようだった。でも、その姿を見て私が心から感動し、一日の疲れが癒された気持ちになったのを、優しく受け止めてくれたのだ。夜まで気を抜くことも許されないのに愚痴ひとつこぼさず、こんなに清らかに輝いていてくれて……と私が胸いっぱいになったのに対して「大丈夫。何でもない」と、そう言ってくれたのだ。見上げた夜桜気質《よざくらかたぎ》である。この時以来、私は自転車通勤を続けている。あれから、四度の春がめぐった。

本歌集は『日本語農場』『百年未来』『魔法学校』に続く私の第四歌集である。あの日を記念して『夜桜気質』と名付けた。東日本大震災を挟んだ前後の七年ほど、二〇〇八年五月から二〇一五年四月までの作品から五一九首を選んだ。「新暦」「十月会レポート」に載った作品が主だが、「短歌」「短歌現代」「短歌研究」「短歌新聞」「現代短歌新聞」に寄せた作品もある。大震災以来、私の心に深い悲しみを感得する領域が拓かれ、ものの見方が少し変わったような気がしている。それが果たして作品に現れているものかどうか。わからないながら、大震災を境に二部構成とした。期間がやや長かったこともあり、実際には数年にわたった春の歌を、一か所にまとめたりして読みやすくする編集を施したが、震災前と震災後の作品を交ぜることはしなかった。

編集にあたっては読みやすさを考え、振り仮名や詞書、注釈をやや多めに加えることにした。日ごろ短歌に親しんでいない人にも、立場や背景、生活環境の異なる人にも、読みやすく、届きやすい作品集にしたいと思ったからである。本歌集は私のこの歳月を正直に写したものだと言えるが、描かれる具体的な事柄がすべて事実であるとは限らない。

本歌集から仮名遣いを現代仮名遣いに改めた。悩んだ末のことである。私が短歌を始めた二十代の頃は、私の中に古典和歌につながる詩形であることへの憧れがあった。歴史的仮名遣いは平安時代の発音をかなり忠実に伝えるものだが、「思ひ」の「ひ」に「火」が重なる伝統に少しでも繋がれたらという思いがあったのだ。作歌にあたって文語も使いたいものだから、「主として現代文のうち口語体のものに適用する」とされている現代仮名遣いは適さないのではないかという思いもあった。

しかし、私のその後の人生は想像していたのとは違っていた。歴史的仮名遣いに接する機会は稀で、いやでも毎日接するのはアルファベットの方である。現代仮名遣いで日本語とつながるのに全力を傾けているのが、偽らざる今の私の日常で、「思い」は「重い」と同じ発音であることのほうが、切実なのだった。それで、方針転換を決意した。

さて、「現代文のうち口語体のものに適用する」とされる現代仮名遣いを文語にも使うにあたって、次の二つの例外を適用したいと思う。

（1）ダ行下二段活用は「づ」を使う。（例）「出づ」「詣づ」
「出で」「詣で」となる活用上の合理性に加えて、「出《い》づ」が「出《で》ず」と紛れないためでもある。

（2）助動詞の「む」「ぬ」は「ん」にせず、もとの仮名を用いる。（例）「来《こ》む」「来《こ》ぬ」
「来む（来よう・来るだろう）」と「来ぬ（来ない）」が、どちらも「来ん」になって区別がつかなくなるのを防ぎたい。（「来《き》ぬ」との区別には振り仮名を使う）

現代仮名遣いは、助詞の「は」「へ」「を」に歴史的仮名遣いを残したし、「ゆう」と発音しても「いう（言う）」と書くといった決まりや、四つ仮名「ず」「づ」「じ」「ぢ」の使い分けも健在である。ここにそっとこの二つを加えさせていただく。

慌ただしい日常に取り紛れて失礼ばかりしている私を、いつもあたたかくお励ましくださる新暦短歌会、十月会のみなさまに、改めて御礼申し上げます。「新暦」代表の森山晴美先生には、選歌についても貴重なアドバイス、ご指導をいただきました。

日ごろの思いを込めて、ここに感謝の意を表します。

本歌集は、短歌研究社にお世話になりました。「短歌研究」二〇一二年十一月号の八十周年記念特集に加えていただき初心に返ることができたのはありがたく、ぜひお願いしたいと思いました。編集長の堀山和子さんをはじめ、編集の菊池洋美さんのきめ細かいご配慮、ご提案のおかげで、編集にかかわる時間は大変充実したものでした。心より感謝申し上げます。

最後になりますが、ここまでお読みくださったみなさまに、心より感謝申し上げます。

どうもありがとうございました。

二〇一五年夏

河路由佳

著者略歴

1959年生まれ。東京外国語大学教員（日本語教育学）。高校在学中より山本安英、木下順二のもとで朗読・演劇を学ぶ。1985年より短歌を作り始める。「新暦短歌会」会員。十月会会員、現代歌人協会会員。

省検
略印

新暦叢書 48

平成二十七年九月十六日　印刷発行

歌集　夜《よ》桜《ざくら》気《かた》質《ぎ》

定価　本体二〇〇〇円（税別）

著者　河《かわ》路《じ》由《ゆ》佳《か》
郵便番号一五七―〇〇六一
東京都世田谷区北烏山七―一五―五

発行者　堀山和子

発行所　短歌研究社
郵便番号一一二―〇〇一三
東京都文京区音羽一―十七―十四　音羽YKビル
電話〇三（三九四四）四八二二・四八三三番
振替〇〇一九〇―九―二四三七五番

印刷者　東京研文社
製本者　牧製本

落丁本・乱丁本はお取替えいたします。本書のコピー、スキャン、デジタル化等の無断複製は著作権法上での例外を除き禁じられています。本書を代行業者等の第三者に依頼してスキャンやデジタル化することはたとえ個人や家庭内の利用でも著作権法違反です。

ISBN 978-4-86272-462-5 C0092 ¥2000E
© KAWAJI Yuka 2015, Printed in Japan